AF308786

# POÉSIES

# FANTAISISTES

DE

## M. le Comte de TRYON-MONTALEMBERT

PARIS

61, RUE DE LAFAYETTE

1878

# POÉSIES

# FANTAISISTES

A MA MÈRE

# POÉSIES

DE

## M. le Comte de TRYON-MONTALEMBERT

PARIS

61, RUE DE LAFAYETTE

1878

A *fillette, ma fantaisie,*
*Folle rieuse à l'air mutin,*
*Lancer aux échos de la vie*
*Ton éclat de rire argentin !*

## A MA MUSE

FAIRE des vers, c'est bientôt dit,
Chacun les fait à sa manière,
Jacques les pleure et Jean les rit:
Faire des vers, c'est bientôt dit,
Qui connaît la bonne manière?

Vive la gloire et le bon vin,
Chacun le dit à sa manière;
J'estime que papa Boivin
Chante la gloire et le bon vin
Sans bruit, de la bonne manière!

Vive l'amour et la beauté,
Chacun l'entonne à sa manière ;
Plus d'un poëte l'a chanté.
Mieux vaut, sans s'en être vanté,
Avoir eu Lise à sa manière.

Faire des vers, c'est bientôt dit,
Chacun les fait à sa manière ;
Tant pis pour celui qui les lit !
De ceux que je fais, moi, l'on rit,
C'est donc la meilleure manière !

*MIGNONNE*

ADAME, je voudrais vous dire
L'histoire de Mignonne; mais
J'ai bien peur que votre sourire
Ne m'arrête comme un niais.

Soyez bonne, voici la chose :
Je l'ai rencontrée un matin
Avec son joli surtout rose,
Elle trottait comme un lutin.

Où courait-elle? je l'ignore.
Je lui fis mille doux serments ;
Elle écouta, j'en rêve encore ;
J'étais jeune, il faisait beau temps.

Quels jeux charmants dans la prairie !
Nous en parlons encor souvent,
Elle entend ma voix attendrie,
Je comprends son gémissement !

Adoucissez votre sourire,
Je vous prie, en la regardant,
Elle est fidèle ; qui peut dire :
Je suis sûre de l'être autant ?

Allons, madame, une caresse
Pour ma levrette au museau noir !
Nous vous dirons notre jeunesse,
Si vous revenez un beau soir.

# LE BON SEIGNEUR DE VALPROFONDE

I L aime à boire et sait chanter,
Tout comme Jacques son fermier,
En trinquant, joyeux, à la ronde ;
Il ne craint rien qu'un élément,
C'est l'eau, qu'il fuit très prudemment,
Le bon seigneur de Valprofonde.

Il habite le grand château
Que vous voyez sur le coteau ;
Son cuisinier a bonne trogne ;
Il ne fait jamais cultiver
Que ses vignes et son verger ;
Son valet de chambre est ivrogne.

Son grand salon est un caveau
Rempli de vins vieux; Isabeau
Vient lui tenir tête à la cave ;
Son menton tombe sur son cou,
Il en rit tout seul comme un fou,
C'est dans du vin blanc qu'il se lave.

Son ventre est profond comme un muid !
Dans son grand gosier le vin fuit
Comme un torrent des Pyrénées,
Et, quand il chante, il fait trembler
Son vieux castel... et s'agiter
Les chauves-souris effrayées.

Bacchus, lesté de son tonneau,
Près de lui serait un moineau
Qui de grappe en grappe picore;
Le bonhomme l'engloutirait
Sans respirer, puis il dirait :
Mon verre est vide, verse encore !

Le diable est venu le chercher,
Valprofonde l'a fait soûler,
Il fut forcé de rendre l'âme;
S'il vient jamais la réclamer,
Notre homme a du vin pour noyer
Gaîment tout l'enfer et sa flamme !

## LE BONHEUR

L e bonheur, ici-bas, est une chose rare
Que chacun vainement cherche dans la bagarre;
La vie est courte, hélas! A peine si la fleur
Éclose ce matin dans son lit de rosée
Conserve ses couleurs, cherchons donc la nichée
Du bonheur!

Le bonheur, courez donc! le voilà sur la route,
Il vous a dépassé; mais plutôt, dans le doute,
Revenez sur vos pas! « Je n'en puis plus, malheur!
Tenez, voici de l'or, mettez-moi sur la voie;
Le temps passe, et pourtant il faut que je le voie,
Le bonheur! »

Le bonheur n'aime pas les fièvres de la vie ;
Regardez dans les fleurs la chaumière blanchie,
Loin du monde bruyant votre or y ferait peur ;
Près de ce nid d'amour, à l'ombre du vieux chêne,
Voyez ce couple heureux dans le chemin qui mène
                    Au bonheur !

PAUVRE coussin de satin rose,
Tout froissé, délaissé, sali,
Viens me dire quelle est la cause,
Quelle est la main, quelle est la pose
Qui, sans le vouloir, t'a pâli ?

Est-ce la main d'une duchesse
Qui te froissait coquettement
Sous son front altier, dans l'ivresse
Que lui causait une caresse,
Un baiser de son noble amant ?

Est-ce le boudoir de la Chose
Qui t'a fait pâlir ? Ah ! dis-moi
Que ce n'est pas là que ton rose
S'est effacé, sous une pose
De cette Laïs en émoi !

Mais conte-moi plutôt ta vie,
Et dis-moi que, pour un enfant,
Tu fus d'une mère chérie
Le travail assidu, qu'envie
Le père heureux comme un amant !

Dis-moi que de ses lèvres roses,
Le baby t'a mordu parfois ;
Qu'il t'a froissé de mille poses,
En te murmurant mille choses,
Et je t'aimerai mille fois !

E suis allé le long des rues
Nues,
Le soir
Noir.

J'ai vu plus d'une ombre fluette,
Nette,
Dis, mur
Dur?

Plus d'un gars prendre pour couchette
Bête,
Un banc
Blanc.

L'ivrogne faire sur l'asphalte,

Halte,

Passant

Lent.


Et l'amoureux que la fillette

Guette,

Au coin,

Loin !


Un gros cocher, sur sa voiture

Dure,

Hurlant

Tant,


Que le sergent de ville en grogne :

Trogne !

Tiens-toi

Coi !


Le bourgeois surprenant sa femme,

Ame,

Logis

Pris


Par un sien ami bon apôtre,

L'autre,

Hélas !

Las.

Ah ! qu'ils avaient de bonnes têtes
Bêtes,
Pour moi,
Coï !

Allez donc les voir dans les rues
Nues,
Le  soir
Noir !

*JAMAIS*

ous deux blottis dans la charmille,
La main dans la main, ils rêvaient...
Oubliant tout, amis, famille ;
Quels rêves dorés : ils s'aimaient !

Une marguerite effeuillée
Leur avait dit : Passionnément !
Les oiselets, dans la feuillée,
Caquetaient entre eux doucement.

Le grillon babillait dans l'herbe,
Le muguet embaumait le bois ;
Devant eux, l'horizon superbe ;
Dans l'air, mille chants, mille voix.

Je t'aimerai toujours, ma belle,
Disait-il, je t'adorerai.
Et moi donc, lui répondait-elle,
Je jure que je n'oublierai.....

Mais une goutte de rosée
Vint, perçant le feuillage épais,
Refermer la bouche adorée
Avant qu'elle n'ait dit : Jamais.

## LE CAPITAINE DUR-À-CUIRE

**I**L est droit comme un peuplier,
Son dos n'est pas fait pour plier;
On ne l'a jamais vu sourire;
Et quand il fronce le sourcil,
Le conscrit en perd son fusil,
Le capitaine Dur-à-Cuire!

Il porte la moustache en croc;
De son crâne, dur comme un roc,
Le képi glisse sur l'oreille;
Il ne parle que rarement,
Et, dans quatre mots : Vivement!
Revient trois fois, que c'est merveille.

Il n'aime guère le pékin,
Qu'il traite à part lui de clampin,
En grommelant dans sa moustache :
L'homme qui se respecte un peu
Doit être soldat, sacrebleu !
S'il ne veut être une ganache !

Vingt fois, notre homme a vu le feu,
Et, sans sourciller, ventrebleu !
Il a récolté vingt blessures !
Sa croix vient de dix coups d'éclat ;
Le prend-on pour un avocat
Décoré pour ses procédures ?

Il sait, dans tous les bataillons,
La valeur des hommes, leurs noms,
Leur temps de service, leur âge ;
Il n'a pas le moindre parent ;
Le drapeau de son régiment
Est le clocher de son village.

Quelqu'un voulut le marier ;
Il jura comme un templier,
Et faillit entrer en délire.
Sacrebleu ! traîner un jupon !
Ah ! la belle expédition !
Pour moi, morbleu ! pour Dur-à-Cuire !

'ÉTAIT hier ; je veux vous dire
Que j'étais jeune et que j'aimais !
Je murmurais comme on soupire :
Un mot d'elle vaut un Empire,
Et sa chambrette est un palais.

Oui ! je veux encor vous le dire
Que j'étais jeune et que j'aimais !
Je devenais fou d'un sourire ;
Quel épouvantable martyre
Quand elle me disait : Jamais !

Les marguerites effeuillées
Ont oublié nos doux serments.
Où sont nos larmes effacées
Comme les perles des rosées ?
Où sont nos sourires d'enfants ?

Mais j'ai besoin de dire encore
Que j'étais jeune et que j'aimais !
Il me reste de cette aurore
Un passé que mon cœur adore,
Ne dites pas que je rêvais !

# LE BON CURÉ VINCENT



L E bon curé Vincent ayant fait sa prière,
S'étirant près du feu le soir au presbytère,
Pensait avec douleur à l'état désolant
De sa paroisse.... Il faut être cent fois clément
Se disait-il, hélas ! pour ménager la clique
Dont je suis le pasteur ; il faut que de ma trique
J'oublie absolument l'existence. Vraiment!
Il n'en est pas un seul qui soit un peu décent,
Et n'aille au cabaret au moment de la messe.
Et les femmes! Jamais il n'en vient à confesse ;

Je ne crois pourtant pas que l'on puisse trouver
Village, où celles-ci s'efforcent de pécher
Plus qu'ici! Doux Jésus! il n'est pas jusqu'à Pierre,
Mon triste bedaud, qui ne donne à sa manière
L'exemple du scandale ; hier il était gris!
Le carême commence aujourd'hui, mes soucis
Vont encore augmenter! Ce n'est pas l'abstinence,
Que je leur prêcherai Dimanche ; en conscience,
Il me semble pourtant qu'un bon plat de poisson
Vaut bien un plat de veau, de bœuf ou de cochon.
Je dirai : Mes enfants, ne mangez pas de viande,
Le poisson vaut bien mieux ; mais je veux qu'on me pende
S'ils m'écoutent ; le diable en rira comme un fou.
Il me faut un moyen, que j'entre comme un clou
Dans ces crânes durcis! Là-dessus, le bon prêtre
S'endormit doucement devant son feu de hêtre ;
Puis, au bout d'un instant, on l'entendit ronfler,
Ronfler à pleins poumons, ronfler à s'essouffler !

« Le bon curé dormait ; sa figure placide
S'éclairait par instants d'un sourire rapide,
Lorsque quelqu'un entra d'un pas mal assuré.
Notre abbé s'éveilla ; trop brusquement tiré
De son rêve si doux, il prit vite une prise,
Afin de ranimer sa pensée indécise,
Se moucha bruyamment, puis s'étant soulevé,
Il cria tout joyeux : Eurêka, j'ai trouvé !

Or, le nouveau venu n'était autre que Pierre,
Qui, selon le curé, n'était rien que matière
A scandale au pays. Il était grand buveur
Et surtout grand bavard, esprit fort, querelleur,
Et cependant bedaud; il aimait bien le prêtre,
Devant qui, tout tremblant, il venait comparaître.
« Ah! c'est toi, dit l'abbé, toi qui viens me montrer
Ta trogne, dont le vin achève de suer!
Retourne au cabaret, bélitre ! c'est ta place,
Ne reviens plus ici, tu m'entends, je te chasse !


Au surplus, tes pareils et toi, vous me damnez!
Va, gredin, les rejoindre, ils seront enchantés!
On ne croit plus à rien, on ne fait plus carême,
Et Dimanche, entends-tu, je le dirai moi-même,
En chaire; sac à vin! mais va-t'en donc, païen!
Que diable peut-on faire avec un tel vaurien ? »
Là-dessus, le curé le poussant par l'échine,
Renvoya le bedaud, qui faisait triste mine,
Et qui se dépêcha vite d'aller crier
Partout, ce que l'abbé venait de lui conter.


Le Dimanche suivant, en entrant dans l'église,
Le curé la trouva remplie, et sa surprise
Augmenta, quand il vit tous les hommes entrer,
Et d'un air curieux, inquiet, s'entasser

Dans les vieux bancs poudreux les plus près de la chaire,
Dont pendant bien longtemps il n'avait su que faire.
Il sourit et l'on put l'entendre murmurer :
Allons, vite à l'ouvrage, il s'agit de frapper
Un coup qui porte bien ! hum ! hum ! à ma manière !
Et d'un pas relevé l'abbé gravit la chaire.

Il sut les faire attendre encor quelques instants,
Et lorsqu'il les vit tous anxieux, haletants :
« Mes amis, leur dit-il, pendant la nuit dernière,
A peine avais-je pu terminer ma prière,
Que le bon Dieu voulut que je vinsse à rêver,
Ce rêve vous concerne, il vous faut l'écouter :
J'étais en paradis ; ah ! la chose est étrange !
Je voyais voltiger près de moi mon bon ange ;
Tout à coup, j'entendis une puissante voix,
Qui, dans l'éternité, m'appela par trois fois :
Curé Vincent, disait cette clameur immense,
Où sont tes paroissiens ?... et moi, dans le silence,
J'aurais voulu m'enfuir ; tremblant, je me cachais
Derrière un bon vieux saint ! Atterré, je savais
Que dans le paradis, de tout notre village,
Je ne pourrais trouver, hélas ! un seul visage ;
Je me recommandais à notre saint patron,
Et je me reprochais d'avoir été trop bon.
La grande voix reprit, mais d'un ton plus sévère :
Curé Vincent, où sont tes paroissiens ? Que faire !

Mon Dieu, dis-je en tremblant, j'ai bien prié pour eux,
Mais je regarde en vain, hélas! dans tous les cieux,
Je n'en vois pas un seul; peut-être en purgatoire,
Serai-je plus heureux, du moins j'ose le croire.
Va donc, reprit la voix. Alors je me trouvai
En purgatoire; mais, en vain, je vous cherchai
Dans le long défilé de plus de cent mille âmes;
Tout à coup, j'aperçus des tourbillons de flammes;
Mon bon ange me dit : Vois, Vincent, dans l'enfer.
Ils sont peut-être là. Quel souvenir amer!
Je vous y trouvai tous! Je te vois encor, Pierre,
Tu brûlais à côté de Jeanne la fermière,
Et Mariette aussi, Gros-Jean, et puis Jacquot,
Pierre, Auguste et Charlotte, et toi là-bas, Margot,
Qui jabottes si bien, ah! tu n'étais pas fière!
Oui, vous étiez bien tous dans la grande chaudière.
A ce spectacle horrible, ah! malheureux enfants!
Je tournai vers le ciel mes pauvres bras tremblants :

Mon Dieu! dis-je, daignez écouter ma prière,
Sortez-les tous de là, votre sainte lumière
Peut encor les sauver... Va donc, curé Vincent,
Dit la voix du Seigneur, car je veux qu'à l'instant
Chacun d'eux sache bien où mène sa conduite;
Dis-leur : Repentez-vous! La dernière limite
Que je veux assigner à leur conversion
Est dans quarante jours; mais fais attention

Que, s'ils ne veulent pas observer le carême,
Je ne pardonnerai certes pas, et toi-même,
Pour ta sottise, iras griller bien loin des cieux,
Puisque tu te permets de répondre pour eux,
Ils sont pleins de péchés, qu'ils aillent à confesse !
On ne peut aborder les séjours de liesse
Avec ce lourd bagage, et les femmes surtout !
Va donc ! dis-leur que ma patience est à bout !


J'ai répondu de vous, mes amis, et mon âme
Craint, comme vous pensez, l'épouvantable flamme ;
Ne péchez donc plus trop, hélas ! si vous pouvez,
Faites votre carême, et vous me sauverez ! »


L'émotion gagnant à ces mots l'auditoire,
Ce ne fut qu'un sanglot dans le vaste prétoire ;
Pierre l'incorrigible, aux genoux du curé
Se prosterna tremblant ; il eut bientôt juré
De ne plus s'adonner au doux jus de la treille,
Et brisa sur le champ sa dernière bouteille ;
Chaque femme courut à la confession ;
Le carême enrichit un marchand de poisson.


Le bon curé Vincent, le soir au presbytère,
S'endort encor souvent en faisant sa prière ;

Dans son vaste fauteuil il rêve en bienheureux,
Car il voit sa paroisse entrer en foule aux cieux;
Et son bedaud en tête, armé d'une bannière,
Qui sourit doucement, en saluant saint Pierre.

## JEANNETTE ET GONTRAN

Pourquoi, sur ces flots où s'élance
L'espérance,
Ne voit-on que le souvenir
Revenir?

ALFRED DE MUSSET.

EANNETTE allait rêver souvent sur le rivage ;
Le soir, du frêle esquif ballotté par l'orage,
Seulette en regardant le flot;
Elle voyait Gontran fendre la lame verte,
Elle attendait, hélas! triste, à peine couverte,
Pensant toujours au dernier mot.


Je t'aime, il l'avait dit! elle aimait, la pauvrette !
Ah! vous le savez bien, n'est-ce pas, vous, fillette,
Qui rêvez doucement le soir,
Je t'aime! c'est la vie ; et dans votre sourire,
Il est comme un reflet d'amour qui nous fait dire :
Elle croit encore le voir.

Elle était sur le roc, au sein de la tempête;
La nuit qu'il fit si noir, et sur sa brune tête,
        L'eau glaciale ruisselait;
Un éclair lui montra dans le flot une épave
Roulant avec un corps brisé, la face hâve :
        C'était Gontran qui revenait !

Et le vent mugissait dans les pins des falaises,
Et faisait éclater les branches des mélèzes,
        Imitant le bruit d'un sanglot,
Quand, les cheveux épars, effarée, éperdue,
Criant : Gontran! Gontran! et la poitrine nue,
        Elle vint combattre le flot.

De sa petite main, elle saisit l'épave
Glissant sur le galet dans la sinistre bave,
        En rugissant : Il est à moi!
L'Océan écumeux, de sa voix de tonnerre,
Couvrant d'un blanc linceul leur étreinte dernière,
        Répondit : J'ai pitié de toi.

Ce fut tout! le soleil, en perçant les nuages,
Sourit à l'horizon; l'étoile des rois mages
        Parut brillante au soir suivant
Et moi je reste seul à parler de Jeannette
Qui rêvait à Gontran, là-bas, le soir, seulette,
        En regardant le firmament.

## C'EST POUR DES PRUNES

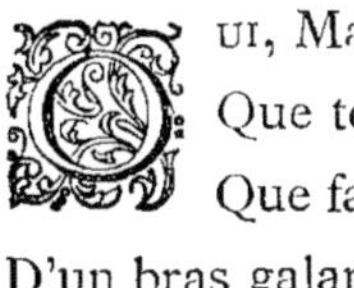Oui, Madame, c'est pour des prunes
Que tout cela m'est arrivé;
Que faire quand deux belles brunes,
D'un bras galamment soulevé,
Offrent des prunes?

Ah! que j'en ai mangé des prunes
Dans ce riant jardin là-bas!
C'est si tentant, ces belles brunes,
Qui vous offrent gaîment un tas
De douces prunes!

Aussi j'en ai mangé des prunes,
Depuis le matin jusqu'au soir,
En badinant avec les brunes!
Dans le jardin, il faisait noir
Comme les prunes!

Avec son grand panier de prunes,
L'une chantait auprès de moi ;
Mon cœur flottait entre deux brunes,
Car l'autre avait presque ma foi.
        Maudites prunes !

Vrai ! j'allais oublier les prunes ;
Hélas ! hélas ! j'en fus puni ;
Que c'est moqueur ces belles brunes !
J'enrage encor, c'est bien fini,
        Et pour des prunes !

## *DANS LES PRÉS*

IDYLLE

ONNAISSEZ-VOUS la douce ivresse
Qu'on éprouve en rêvant le soir
　　Noir,
Là-bas, près du ruisseau qui laisse
Sous les saules, en s'écoulant
　　Lent,
　　Un nom d'amant,
　　Qu'il murmure
　　Dans la verdure,
　　Doucement?

Dans les verts prés, chères compagnes,
Venez vite avec moi rêver;
L'ombre va couvrir nos campagnes,
Voici venir l'heure d'aimer !

La brise est chaude et nous embaume,
Laissons flotter nos blonds cheveux
Là-bas, sous l'humble toit de chaume.
Dort doucement notre amoureux.

Rossignolet, dis-nous qu'il pense
A nos beaux yeux, à nos chansons;
Conte-nous son amour immense,
Et nous aussi, nous aimerons.

Rossignolet, dans la nuit sombre,
Apporte-nous son doux baiser,
Étoiles, montrez-nous son ombre,
Car nous avons besoin d'aimer.

Chaque brin d'herbe devient lyre,
Chaque souffle de vent, baiser;
Chaque saule cache un satyre
Qui nous répète : Aimer! aimer!

## MACÉDOINE DE CHARLATANS

U N jour, cinq charlatans, dans le même village,
Grimpés sur des tréteaux, hurlaient et faisaient rage.
L'un disait : Achetez, Messieurs, l'orviétan,
Qui guérit, un beau jour, le pacha Gengiskan
Qui mourait tristement d'une attaque de goutte !
L'autre disait : Il ment ! Que personne ne doute
Que le bon élixir qui guérit est celui
Que je possède seul, caché dans cet étui !
Le troisième : Messieurs, est-il bien sur la terre
Semblables imposteurs ? Un jour, d'un cimeterre,
Le grand pacha des Turcs eut le crâne fendu :
C'est mon élixir seul qui vous l'a recousu !
Le quatrième, alors, d'un ton plein d'ironie,
S'écria : Va toujours, mon garçon ; ta manie

Est de nous croire sots ! Mais, voyez comme il ment !
Croyez-vous que son eau remplace le ciment
Que je vends ? C'est plutôt je donne qu'il faut dire,
Car sa vertu ne peut se payer d'un empire !
Le cinquième se mit à rire comme un fou,
Et dit : Ton élixir ne vaut pas le Pérou,
Mon ami ; ces messieurs sauront bien le comprendre.
Nous sommes cinq ici, tâchons de nous entendre !
Laissons-là le Grand-Turc, l'Empire, Gengiskan,
Et crions tous en cœur : Voici l'orviétan
Qui guérit tous les maux ! Qu'en dites-vous, confrères ?
Croyez bien, comme moi, que tous ces pauvres hères
N'y verront que du feu ! Ce discours applaudi,
Tous les cinq charlatans crièrent à l'envi :
Achetez, achetez la drogue universelle !
Mais chacun, clignotant à part de la prunelle,
Disait au bon public : C'est moi seul qui la vend !

## MONSIEUR DE DOUBLE-CROCHE

IL est long comme un jour sans pain ;
Rien qu'à le voir, on se sent faim ;
Son crâne est nu comme une roche ;
Son nez est un bec de vautour.
Il y voit clair comme l'Amour,
Ce cher monsieur de Double-Croche


Quand il chante, on entend deux airs
Qui vous font frissonner les chairs ;
Son nez imite la musette,
Sa poitrine fait le doux son
Qu'on entend sortir d'un chaudron,
Heurté par un coup de pincette.

Il a composé cent morceaux
Remplis des rêves les plus beaux,
Qui se font tous sous la coudrette;
Il les chante amoureusement,
Avec un doux balancement,
Accompagné de clarinette.

Il est si doux, si complaisant,
Qu'il vous propose à chaque instant
De roucouler une romance;
C'est un homme bien précieux;
Quand on veut chasser un fâcheux, .
Il vous chante la délivrance.

Il a déjà vécu longtemps,
Mais il lui reste du bon temps
Et plus d'un air dans la caboche;
On le verra mourir un jour,
Mais bien plus tard, d'excès d'amour
Pour une ingrate Double-Croche.

## COMME ON FAIT SON LIT ON SE COUCHE

RANDGUILLOT, un beau soir, près de la cheminée,
Regardait les tisons s'en aller en fumée,
    Et sa femme chantait ;
Il était bien heureux d'entendre sa voix douce,
Plus heureux, vous pensez (car elle était très rousse !)
    Que quand il la voyait.

Le balai reposait bien calme au fond de l'âtre,
Grandguillot l'aperçoit.... .. appelant la marâtre,
    Il demanda gaîment.
Si, pendant le long temps de la longue journée,
Pendant son dur labeur, la maison balayée
    Se tenait proprement.

Comme le grand ressort du cadran qui se brise,
Pendant les nuits d'hiver comme le vent de bise,
Un grand cri s'éleva ;
Et le balai du coin de l'âtre doux et sombre
Vint frapper Grandguillot, inconscient, sans nombre;
Bientôt il se cassa !


Tout meurtri, le pauvret, à l'échine écorchée,
Se dit qu'il aimait mieux sa maison poussiérée
Qu'un tel raisonnement ;
Et que lorsqu'on s'endort près de la cheminée,
Il ne faut pas jouer avec la destinée
D'un balai remuant !

## LE POLTRON

ANS ce grand bois lugubre et noir,
Qu'on est donc isolé le soir !
Mais, qu'entends-je au loin ? Ah ! je tremble !
Je crois que c'est un bruit de pas....
Il me semble qu'on parle bas
Au pied de cet énorme tremble !

Ce sont peut-être des brigands ?
Faut-il avancer ? Qu'ils sont grands !
Mais non ! Ce sont de jeunes chênes !
Ah ! j'étais bien bon d'avoir peur ;
Mais.... qu'entends-je encor ? Quel malheur !
On a remué dans ces frênes !

C'est peut-être quelque lapin
Qui s'est levé de  bon matin,
Et va courant dans la nuit sombre ;
Mais non, cela  fait trop de bruit ;
Je suis glacé ! Dieu, quelle nuit !
Ah ! je viens d'entrevoir une ombre !

Mais non, ce n'est encore rien !
Dieu ! l'on entend hurler un chien,
Pour quelqu'un la mort est donc proche ;
Hélas ! c'est peut-être pour moi ;
Quelle fatale et triste loi !
Mais, que vois-je sur cette roche ?

Ah !.... Ne me faites pas de mal,
Pardon ! Pardon !.... « Triple animal, »
« Tu ne reconnais pas Bazile !....... »
Ah ! ah ! je vous ai fait bien peur,
Mon voisin ; ce m'est grand honneur,
Chacun sait que c'est difficile !

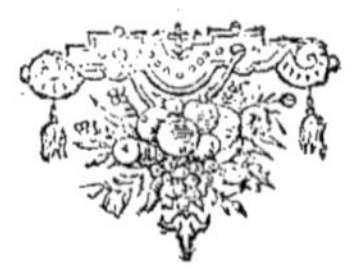

PETITS pas hésitants dans la vie,
Quand j'essayais d'entrer hier, là-bas,
J'avais la main d'une mère chérie,
Qui dirigeait toujours mes petits pas.

A petits pas, j'ai marché dans la vie,
Bien seul souvent, souvent même bien las;
Dieu souriait, sa campagne fleurie
Me délassait; j'allais à petits pas.

A petits pas errant dans la prairie,
J'ai rencontré la fleur d'amour là-bas ;
Et tout tremblant, j'ai pu, l'âme attendrie,
La saisir vite, et fuir... à petits pas,

A petits pas, nous marchons dans la vie,
Ma fleur et moi ! Je ne me sens plus las ;
Que Dieu nous donne en sa grâce infinie,
D'aller vers lui longtemps, à petits pas !

'HOMME s'en va pimpant, la route de la vie
Lui fait lever à peine un pied ; la fantaisie
L'y fera cependant courir en fou demain ;
Et si son front, parfois, heurte le mur hautain
Qui forme le tournant, l'appelant triple traître,
Il s'étonne, et se croit vraiment seigneur et maître !
Le mur qui le regarde, sans yeux, pense et se dit :
Il mourra, moi je reste, il est trop fier, il vit !
Voyez donc ! les cailloux unis qui me composent
Valent mieux que ses os ; heurtons-nous donc s'ils l'osent !
Et lui, l'homme, s'en va cueillir, un peu plus loin,
La fleur qu'il flaire et fane... mais la mort avec soin,
De son doigt jaune et sec, lui frappant sur l'épaule,
L'invite à se coucher là-bas sous le grand saule.

Et le temps en sournois s'avance et prend le mur,
Puis de son implacable main sèche et osseuse,
Il l'effrite, et le jette impalpable au vent dur.


Dieu seul nous donne un peu d'espérance peureuse.

ADAME, vous aimez la ville,
Et vous avez cent fois raison,
Car on vous distingue entre mille !
Moi j'aime mieux mon vert gazon.

Il vous faut une cour brillante,
Une escorte de chevaliers :
On admire, on prie, on vous chante !
Je vais entendre les ramiers.

Il faut, hélas ! quand on est reine,
Savoir garder du quant-à-soi ;
J'aime mieux, dans ma vaste plaine,
Un franc rire de bon aloi !

Aussi, pardonnez-moi, madame,
Si je ne puis pas vous aimer,
Car il faut à mon âme une âme,
A ma bouche un loyal baiser.

J'inviterai tout mon village
A ma noce, dans les grands bois ;
On n'y verra que gais visages,
Au dessert nous serons tous rois.

Et les oiselets du bocage
Nous serviront d'orchestre au bal ;
Nous nous y mettrons tous en nage,
De grâce, n'y trouvez pas mal.

IER, la campagne fleurie
A revêtu son deuil d'hiver ;
Il me semblait que mon amie
Me parlait d'un ton plus amer ;
Elle était sans doute un peu lasse
De m'avoir trop longtemps aimé.
Amis, quand un nuage passe,
Buvons un coup à sa santé !

J'ai trouvé ma bouteille vide,
Ça, c'est un tour qu'on m'a joué !
Mais faut-il, la face livide,
Crier partout : je suis floué !
Allons donc ! Gai, je vous la casse,
Qu'on m'en serve une autre, Évohé !
Amis, quand un nuage passe,
Buvons un coup à sa santé !

Mon ami Boivin, sur la route,
M'a lâchement abandonné;
Où la chèvre est, faut qu'elle broute;
J'avais trop bu, j'étais cloué !
Fallait-il m'en maigrir la face,
Bah ! toute la nuit j'ai chanté !
Amis, quand un nuage passe,
Buvons un coup à sa santé.

Mais au fait, où va ce nuage
Dont j'ai pendant longtemps parlé?
Il fuit, il va!.... Tournons la page
Et le présent s'est envolé !
Si vous trouvez que je vous lasse,
Encor un instant !.... j'ai chanté !
Amis, quand un nuage passe,
Buvons un coup à sa santé !

CAVALIER, que l'ombre
De cette nuit sombre
Protége tes pas!
Accorde ta lyre ;
Si ton cœur soupire,
Que ce soit tout bas !

Au balcon se penche,
Silhouette blanche,
La Mariquita ;
Doucement, avance
Vers la main qui lance
Un appel, là-bas !

Et dans la nuit sombre,
Furtif comme une ombre,
Viens prendre un baiser;
Mais le rideau tombe,
Va ! blanche colombe,
Doucement rêver.

Le jaloux qui veille,
Curieux, éveille
Ton rêve charmant;
Le galant, qu'importe !
Fuit, car il emporte
Ton baiser brûlant.

Et demain dans l'ombre
D'une autre nuit sombre,
Un nouveau baiser
Saura lui redire :
Accorde ta lyre,
Et reviens chanter !

## *TOURTERELLES*

UN beau jour de printemps, là-bas, sur le grand orme,
    Deux tourtereaux se becquetaient;
Ils étaient tout petits sur le vieux tronc énorme,
    Et plus petits ils se faisaient.

Leur voix disait l'amour, seule dans le silence;
    Leur murmure était doux et lent;
Mais ils parlaient trop fort de leurs rêves d'enfance,
    Dans leur chaste roucoulement.

Ils se parlaient de Dieu, de la belle nature;
    A peine si l'un murmurait :
Je t'aime, j'aime tout en toi ! son doux murmure,
    Dans l'écho se répercutait.

De tous les points cachés des bois du voisinage,
    Arriva la bande des geais,
Des pies et des linots, chanteurs au beau plumage,
    Sautilleurs et persifleurs gais.

Hé! que nous chante donc cet oiseau? dit la pie;
    Que dites-vous? siffla le geai;
C'est encor un naïf des grands bois qui se fie
    A l'amour, mais il n'est pas gai.

C'est vrai, dit le linot; il a la note triste;
    Je chanterais sur un autre air
Si j'étais amoureux! mais je crois qu'il insiste,
    Et même d'un ton plus amer.

En effet, l'amoureux soupirait : Ma chérie,
    Fuyons ce monde de méchants;
Je t'aime! allons au loin chercher une patrie,
    Où l'on respecte les amants!

Et bien loin, vers les cieux, vola, l'aile dans l'aile,
    Le joli couple d'amoureux!
Ce n'est qu'au mois d'amour, qu'on voit la **tourterelle**
    Revenir dans les bois **ombreux**.

## LE CHANT DU PAYSAN

A route est longue et la misère est grande,
Que la bonté de Dieu vers moi descende,
Et que, pour tant de souffrance, il me rende
Un petit coin dans ce vaste ciel bleu !
Humble, ici-bas, il m'y faut peu de place ;
Déshérité, j'ai mérité sa grâce,
Et, quand il voit la sueur sur ma face,
Que son regard adoucisse son feu !

A deux genoux, penchés dans la chaumière,
Priez, enfants ! Que votre humble prière
Aille conter là-haut notre misère
A notre Père, au grand Dieu de bonté !
Demandez-lui cette douce espérance
D'un long repos de la fatigue immense,
La foi de son amour, la patience,
Pour notre maître, un peu de charité.

Remerciez-le du pain qu'il vous donne,
De la fleur des champs qu'il vous abandonne,
Et des conseils que l'abeille bourdonne,
De votre gaîté douce, de vos chants !
A l'Angelus votre tête s'incline,
Souriez-lui ; votre bouche mutine
Dira : Mon père, bénis tes enfants !

ARIETTE allait à la messe,
Trottinant le long du chemin;
On remarquait sa gentillesse,
Son pied mignon, son air mutin.

Guillot la suivait à distance,
Le cœur tout plein à déborder;
Il soupirait, sans espérance
De se voir jamais remarquer.

Mais, tout à coup, le temps se gâte,
Et bientôt il pleut à torrents;
Pas un abri! Guillot se hâte,
Invoquant le Dieu des amants.

Heureux Guillot! son parapluie
Est accepté; notre amoureux
Sent frissonner la main chérie
Accrochée à son bras nerveux.

Que s'est-il passé, je l'ignore,
Sous ce frêle abri? Mais il faut
Crier, chanter, crier encore :
Vive Mariette et Guillot!

A la noce de Mariette,
Venez tous, joyeux compagnons!
Il faudra nous mettre en goguette,
Nous boirons et nous chanterons!

## MONSIEUR CHICANEAU

A H! voilà maître Chicaneau!
Imberbe comme un jouvenceau;
Il sait fort bien fléchir l'échine;
Voyez, c'est un homme parfait,
Il sourit d'un air satisfait,
Avec son museau de fouine!

Il rit, il pleure, et tour à tour
Sait mêler la haine à l'amour,
Pour attendrir son auditoire;
Il embrasse même au besoin
Un forçat, laid comme un babouin,
Qu'il vous rend blanc comme l'ivoire.

Il suit les murs dans son manteau,
Flairant partout en louveteau
Quelque débat qui lui rapporte;
S'il peut mettre le pied chez vous,
Il amène avec lui, tout doux,
De conflits toute une cohorte.

Il a gagné votre procès!
Hourra! Mais c'est un fait exprès,
Les débats ont mangé la somme!
Il engraisse tout doucement
Son magot en vous défendant;
Ah! c'est qu'il est très économe!

S'il sent jamais venir sa fin,
Soyez sûr que notre Robin
Voudra la remise à huitaine;
Si le diable veut l'emporter,
Il faut qu'il s'apprête à plaider
Pendant huit jours, sans perdre haleine!

ANS la vie, on arrête souvent sa pensée
Par orgueil, et l'on craint que, trop abandonnée,
Elle aille consoler quelque être malheureux.
Il arrive souvent qu'on compte dans la rue
Le sou du pauvre qui, triste et la voix émue,
Dit : Vous êtes heureux !


Donnez, vous qui vivez si riches d'espérances,
Donnez, et soulagez dans toutes les souffrances
De votre argent un peu, de votre cœur toujours;
Ah! soyez généreux, et l'âme toute pleine
Du bonheur fait par vous, allez où Dieu vous mène,
A l'amour des amours !

Et puis le bonheur vrai, c'est dans la conscience
Qu'on le trouve, je crois, et toute la science
Est de faire le bien sans en être plus fier.
Le merci d'un vieillard à la tête blanchie,
Le rire d'un enfant vous rendent agrandie
          L'espérance d'hier.

Au banquet du réveil, quand, assis côte à côte,
Le pauvre lèvera le doigt, disant à l'hôte
Les services rendus, et contant le passé,
Vous sentirez alors quelle est la récompense
Que Dieu donne aux élus au jour de délivrance,
          D'oubli du corps lassé !

## *LE VIEUX LOUP MISÈRE*

### BALLADE

> Quand le Diable devient vieux il se
> fait ermite, mais le malheur veut que
> chaque juste prenne une pierre du
> chemin qu'il a parcouru, et s'en serve
> pour lapider son ermitage.
>
> *(Pensée d'un vieil observateur).*

L était une fois, marraine,

Un pauvre vieux loup tout galeux ;

On le connaissait dans la plaine,

Car il n'était pas dangereux.

 Marraine !

On le connaissait dans la plaine ;

Etant jeune, il avalait tout,

Chassant, courant à perdre haleine ;

On le voyait un peu partout,

 Marraine !

Chassant, courant à perdre haleine,
Un jour il est devenu vieux ;
On le revoyait dans la plaine,
Tout repentant, baissant les yeux.
          Marraine !

On le revoyait dans la plaine,
Il demandait bien poliment :
Quel est donc le chemin qui mène
Au gîte, où l'on dort doucement ?
          Marraine !

Quel est donc le chemin qui mène
A l'amour pur de son prochain ?
Harro ! criait-on dans  la plaine,
Un loup dans un  pareil chemin !
          Marraine !

Harro ! criait-on dans la plaine,
Ce loup galeux est insolent ;
Ah ! pour le piqueux, quelle aubaine !
Il tuera cette triste  gent,
          Marraine !

Ah ! pour le piqueux, quelle aubaine !
 .  .  .  .  .  .  .  .  .  .  .  .  .  .  .  .
Ce loup était bien triste à voir,
Mais on dit, qu'encor dans la plaine,
Il vient hurler souvent le soir,
          Marraine ?

## MOI J'AIME LES POIREAUX

### (PENSÉE D'UN RURAL)

oi, j'aime les poireaux ! que voulez-vous, ce vice
Me fait vivre à l'écart, dans un endroit propice,
Où moi-même je puis en obtenir de beaux !
Vous ne comprenez pas sans doute ma pensée,
O brillants habitants de la ville enfumée ;
Mais du moins plaignez-moi, j'aime trop les poireaux !

Oui, j'aime les poireaux dans la soupe fumante,
J'attends comme l'amant sait attendre l'amante
Le moment d'en manger ni trop froids, ni trop chauds;
Qu'importe que le Turc occupe la Serbie !
Vous m'appelez crétin ! Votre face ennemie
Ne saurait m'empêcher d'adorer les poireaux.

Oui ! j'aime les poireaux ! heureux à la campagne,
Je vis calme en pensant au pays de Cocagne,
A Paris orgueilleux, à ses palais si beaux ;
Quand nous parlons de vous, ironiques ! à table,
Nous vous donnons l'esprit, du brio, l'air aimable ;
Mais tout cela pour moi ne vaut pas mes poireaux !

Oui, j'aime les poireaux, et vous croyez, je pense,
Que je suis égoïste, et que je me dispense
De songer au pays, à la France ! Ah ! chers beaux,
Vous vous trompez beaucoup, car dans la grande ville,
Vous chercheriez en vain un seul homme entre mille,
Qui veuille plus que moi défendre ses poireaux.

Donc j'aime les poireaux, que voulez-vous, ce vice
Me fait vivre à l'écart dans un endroit propice ,
Où moi-même je puis en obtenir de beaux ;
Je vous laisse pâlir dans la rue adorée,
Je garde mon repos , ma retraite ignorée,
Vous aimez le cliquot ! moi, j'aime les poireaux !

UR le chemin de mon village,
Quand tout sourit au renouveau,
Le Rossignol, au doux langage,
Chante l'amour dans l'arbrisseau.

La fillette, à la belle mine,
S'en va courir de ci, de là,
Laissant de sa bouche mutine
Un mot d'amour, par ci, par là !

La brise agite le feuillage,
La fleur vous enivre d'amour,
Sur le chemin de mon village,
Le matin, quand paraît le jour.

Les oiselets, dans la feuillée,
Font entendre leurs chants joyeux,
Et l'herbe, encor toute mouillée,
Frissonne au soleil radieux.


Gais compagnons au doux langage,
Je veux vous chanter mes amours ;
Sur le chemin de mon village ,
J'ai promis de l'aimer toujours !


Elle m'a dit aussi : Je t'aime,
La belle fille aux cheveux d'or ;
Je veux, de ce bonheur suprème,
Vous parler, vous parler encor !


Oui ! je veux lire cette page
A chaque fleur auprès de vous,
Sur le chemin de mon village,
Cher auditoire aux chants si doux !


Pour que la brise du bocage
Lui murmure tout bas : aimer,
En lui rapportant sous l'ombrage,
L'écho de mon dernier baiser.

*A une dame qui me demandait de lui faire son portrait flatté*

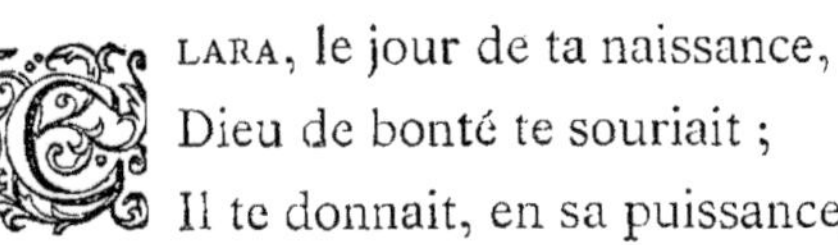

CLARA, le jour de ta naissance,
Dieu de bonté te souriait ;
Il te donnait, en sa puissance,
Toutes les grâces à souhait :
Bonté, beauté, nature aimante,
Dévouement, longanimité,
Une douceur qui nous enchante ;
Mais il oublia l'équité,
Puisque, d'un visage impassible,
Tu demandes, chose impossible !
Qu'on fasse ton portrait flatté.

# FŒDORA

Sara, belle d'indolence,
Se balance.
(*Sara, la baigneuse*. Victor Hugo.

FŒDORA ! Fœdora ! la belle mulâtresse !
A ce nom seul bondit tout homme de couleur !
Elle est si belle quand, en sa douce paresse,
Elle laisse entrevoir des yeux pleins de langueur !

Là-bas, sous les palmiers, dans son hamac de soie,
Quand le soleil trop chaud s'élève à l'horizon,
Étendue à demi; comme son beau corps ploie,
Laissant son joli pied effleurer le gazon !

Taisez-vous, Bengalis ! Fœdora la Déesse
A besoin de repos ; conservez vos chansons !
Rêvez de nouveaux airs, de doux chants d'allégresse,
Pour dire à son réveil : Fœdora, nous t'aimons !

Zéphir, retiens ton souffle, afin que rien ne vienne
Déranger les cheveux épars sur son beau front ;
Vous, esclaves, veillez ! de peur qu'un Dieu ne prenne
Fœdora pour amante, et ne lui fasse affront !

Esclaves, veillez bien ! car, peut-être, une abeille
Pourrait, en butinant sur ses lèvres en fleur,
Venir prendre un baiser ; il faut que rien n'éveille
Ce beau corps enivré d'un rêve de bonheur.

Vous, nuages, voilez le soleil en délire !
Fœdora ne doit voir qu'un chaste demi-jour ;
Et vous, nature entière, accordez votre Lyre ;
Afin qu'à son réveil tout lui chante l'amour.

’AI connu bien des jeunes gens,
Dans ma carrière d’aventure,
Qui, causant entre eux en enfants,
Disaient avec désinvolture :
    Aimer ! Aimer !
    Je puis aimer !

Un beau matin, le mariage
Leur apportait un autre amour ;
Froissés par la première page,
Ils disaient d’un ton de pandour :
    Aimer ! Aimer !
    On doit m’aimer !

Puis, de ses gentilles caresses,
L'enfant qui venait un beau jour
Réveillait un peu de tendresses,
Alors ils disaient à leur tour :
  Aimer ! Aimer !
  Je dois aimer !

Mais, hélas! le temps passe vite,
Et quand le front devient tout blanc,
L'amour ne vous rend plus visite,
Et l'on murmure tout tremblant :
  Aimer ! Aimer !
  Je veux aimer !

Ah! oui! j'ai connu bien des gens,
Dans ma carrière d'aventure,
Qui parlaient d'amour en enfants,
Mais peu qui disaient l'âme pure :
  Aimer ! Aimer !
  Je sais aimer !

# MOI QUI CROYAIS!

Moi qui croyais que son sourire d'ange
Était pour moi ! pauvre fou ! je rêvais ;
Tu n'as donc pas, ô maudite mésange,
Dit mon amour là-bas ? moi qui croyais !

Moi qui croyais que la brise légère
Lui racontait tout bas que je l'aimais !
Je te maudis, fâcheuse messagère,
Qui n'as rien dit pour moi ; moi qui croyais !

Moi qui croyais que le grillon dans l'herbe,
Lui répétait les vers que je chantais ;
Stupide insecte, à la chanson acerbe,
Qu'as-tu donc dit pour moi ? moi qui croyais !

Moi qui croyais, errant dans la prairie,
Que le ruisseau redisait que j'aimais ;
Qu'a-t-il donc fait du nom de mon amie,
L'écervelé fuyard ? moi qui croyais !

Moi qui croyais que la nature entière
Savait conter ce que je lui chantais !
La sourde, hélas ! à ma douce prière
N'a rien compris ; mon Dieu! moi qui croyais !

*L A  V O Y A N T E*

BALLADE

Écoute, Yvonnic mon fils, celui qui
peut amener une voyante dans sa
maison, y fait entrer le bonheur.

(*Contes bretons.*)


LA MENDIANTE.

ES bons messieurs, par la froidure
Je vais nu-pieds sur le chemin ;
Il fait bien froid et j'ai bien faim ;
Pitié, pitié ! la vie est dure !

LES BUCHERONS.

Frappe, frappe, bûcheron !
La vie est dure
Par la froidure ;
Il faut du bois à la maison.

LA MENDIANTE.

Messieurs, pitié ! car je suis vieille,
Et je ne sais plus travailler.
Je n'ai personne pour m'aider ;
J'ai faim, j'ai froid, souvent je veille.

LES BUCHERONS.

Frappe, frappe, bûcheron !
　　Il faut soi-même,
　　Pour peu qu'on s'aime,
Porter son bois à la maison.

LA MENDIANTE.

J'ai faim, j'ai froid et pas d'asile ;
Pitié ! voyez mes cheveux blancs !
Moi, je suis seule et sans enfants,
Pour vous la vie est si facile !

LES BUCHERONS.

Frappe, frappe, bûcheron !
　　Et du courage
　　A notre ouvrage,
Car l'enfant crie à la maison.

LA MENDIANTE.

Pitié! messieurs, dans ma jeunesse,
J'avais un courageux époux ;
Sainte Vierge, priez pour nous!
Dieu me l'a pris en sa sagesse.

LES BUCHERONS.

Frappe, frappe, bûcheron!
La mort vient vite,
Pour sa visite,
Gardons du pain à la maison.

LA MENDIANTE.

Pitié! car j'avais une fille,
Le seul bonheur de mon foyer ;
On est venu me l'enlever ;
Hélas! elle était trop gentille !

LES BUCHERONS.

Frappe, frappe, bûcheron !
Pour qu'une fille
Reste en famille,
Il faut du bois à la maison.

### LA MENDIANTE.

Elle est morte! dans la nuit sombre,
Elle me revient bien souvent;
Je la vois sur l'aile du vent,
Qui me rapporte sa chère ombre!


### LES BUCHERONS

Arrête, arrête, bûcheron!
         Car la voyante
         Est dans l'attente,
Conduis-la vite à la maison !

ONNEZ encor! Donnez! la misère acharnée
Veut pour lâcher sa proie avoir un monceau d'or ;
Avec la charité, sa lutte est obstinée.
    Riches, donnez encor !

La charité pourtant a fatigué son aîle,
Haletante, elle cherche où voler maintenant ;
La porte des palais s'est ouverte pour elle,
    Ouverte largement.

Elle a tout parcouru, même la maison blanche,
Cachée ainsi qu'un nid dans les fleurs retiré,
Où quelque couple heureux en souriant se penche
    Sur un balcon doré.

Où donc aller, hélas ! Oh sainte infatigable,
Divine charité, tu dois frapper sans fin !
Tous les cœurs t'entendront, l'aumône inépuisable
　　Tombera dans ta main.

Dis aux époux d'hier, que la joie environne :
Donnez, afin que Dieu bénisse vos amours !
Donnez ! pour que du moins le pauvre vous pardonne
　　L'éclat de vos beaux jours.

Dis aux femmes surtout, dis à la jeune mère,
Ce qu'on souffre là-bas, près d'un foyer éteint,
Quand de pauvres enfants, glacés par la misère,
　　Redemandent du pain ;

Le père n'en a plus, la mère défaillante
Vient de donner sa part, mais elle est forte encor,
Sur son cœur palpitant, l'enfant qui se lamente,
　　Se blottit et s'endort !

Riches, donnez de l'or, pauvres, donnez l'obole ;
On glane après la gerbe au jour de la moisson ;
Or ou cuivre, donnez ! une bonne parole,
　　C'est encor presque un don.

## AMOURS PASSAGÈRES

 ANS les grands bois, couchés à l'ombre
  Sombre
Des chênes, vieux de cent hivers,
  Verts !
Chantons nos amours sans limite,
  Vite,
Surtout sans songer à demain,
  Loin !

Aimons-nous, aime-moi, cruelle !
  Belle,
A rendre un beau jour le démon
  Bon !
Courbe vers moi ta tête altière,
  Fière !
Dis-moi tout bas : je t'aime bien,
  Bien !

Et moi je te dirai : je t'aime
      Même
Plus que ma vie et mon honneur !
      Heur,
Si je meurs disant je t'adore !
      Dore,
D'un doux rayon  mon cœur si bien
      Tien !


Mais dans les grands bois l'heure passe,
      Lasse !
Voici déjà venir le soir,
      Noir !
Il faut nous séparer, cruelle
      Belle !
Emportant de notre entretien... ..
      Rien !

# TABLE